Francisca Júlia da Silva

MÁRMORES

nVersos

A obra "Mármores" encontra-se sob domínio público conforme Lei nº 9.610/1998.

Diretor Editorial e de Arte: Julio César Batista

Produção Editorial e Projeto: Carlos Renato

Revisão: Elizete Capelossa

Editoração Eletrônica: Equipe nVersos

Imagens: Escultura *Musa Impassível*, Victor Brecheret (1894-1955), esculpida em homenagem à Francisca Júlia (Acervo Pinacoteca do Estado de São Paulo). Fotografias de c.r.

Dados Internacionais de Catalogação na Publicação (CIP)
(Câmara Brasileira do Livro, SP, Brasil)

Silvia, Francisca Julia da
Mármores / Francisca Julia da Silva. -- 1. ed -- São Paulo : nVersos Editora, 2022.

ISBN 978-65-87638-68-3

1. Poesia brasileira 2. Sonetos brasileiros I. Título.

22-114014   CDD-B869.1

Índice para catálogo sistemático:
1. Poesia: Literatura brasileira   B869.1
Aline Graziele Benitez – Bibliotecária – CRB-1/3129

1ª edição – 2025
Esta obra contempla o Acordo Ortográfico da Língua Portuguesa
Impresso no Brasil – *Printed in Brazil*
nVersos Editora: Rua Cabo Eduardo Alegre, 36 – CEP: 01257060 – São Paulo – SP
Tel.: 11 3382-3000
www.nversos.com.br
nversos@nversos.com.br

A meus pais

Nota do editor, **9**
Prólogo, **11**
Musa Impassível, **19**
A um artista, **21**
Os argonautas, **23**
Mahabarata, **25**
Rainha das águas, **27**
Sonho africano, **29**
Paisagem, **31**
Vênus, **33**
Em Sonda, **35**
A caçada, **37**
No campo, **39**
Noturno, **41**
A noite, **43**
A Ondina, **45**
Aurora, **47**
A um poeta, **49**
À noite, **51**
Inverno, **53**

Lieder De Goethe
Calme de la mer, **57**
Lied sicilien, **59**
La prude, **61**

H. Heine Números do Intermezzo
I, **65**
II, **67**
III, **69**
IV, **71**

Balada
Balada, **75**
A florista, **77**
Inconsoláveis, **79**
Estela, **81**
De joelhos, **83**
No *boudoir*, **85**
D. Alda, **87**
No baile, **89**
Mudez, **91**
Pérfida, **93**
Laura, **95**
As duas irmãs, **97**
A uma criança, **99**
Quadro incompleto, **101**
Prece, **103**
Mãe, **105**
Egito, **107**
Musa impassível, **109**

Nota do Editor

Procurou-se nessa edição de *Mármores* manter a fidelidade do original lançado em 1895. As intervenções feitas são apenas relativas a atualização ortográfica e notas do editor com informações para guiar a leitura.

Prólogo

Nunca pensei eu que me coubesse algum dia tarefa tão difícil e tão ditosa ao mesmo tempo, qual a de prefaciar um livro como o da excelsa poetisa paulista cujo nome hoje é conhecido de todos os que se dedicam ao culto da literatura neste país.

Uma injusta apreciação, concluída, e mal concluída, da minha atitude crítica contra uma escritora de talento, havia-me perfidamente criado a pequenina fama (de resto, indigna de mim) de homem selvagem que só via nas mulheres as aptidões inferiores das cozinheiras. E como *o homem é de fogo para a mentira*, no dizer do fabulista, fui logo definitivamente julgado e condenado.

Há em tudo isto uma grave injustiça.

Vivendo nessa pátria que se orgulha dos nomes gloriosos de Narcisa Amália, Adelina Vieira, Júlia Lopes de Almeida, Zalina Rolim e Júlia Cortines, eu sentia com ela esse mesmo nobre orgulho, e ninguém de boa-fé poderia acatar essa dura malevolência contra as minhas verdadeiras opiniões.

Por isso é que a ocasião de apresentar o nome da autora dos *Mármores* me depara hoje um ensejo feliz de reabilitação no conceito dos mais opiniáticos.

A tarefa que hoje desempenho, não sem o sobressalto da minha humilde condição, e mesmo sem possuir a autoridade necessária para realçar o mérito obscuro ainda e para recomendar o livro que tenho em mãos, justifica-se igualmente por boas e excelentes razões que não me é lícito, um momento só, ocultar. Não só os *Mármores* por si sós dispensam qualquer elogio antecipado ao do público, mas quase todos eles já não carecem de favor; foram carinhosamente esculpidos, finamente cinzelados para a galeria artística da *Semana*, e aí foram consagrados, definitivamente, pelo aplauso de Araripe Júnior, Lúcio de Mendonça, Valentim Magalhães, Xavier da Silveira, Silva Ramos, Fontoura Xavier, Escragnolle Doria, Max Fleiuss, Luiz Rosa, Américo Moreira e eu. Deste modo, já não teria receio dos exageros da minha opinião individual; acha-se ela firmada pela colaboração de ilustres confrades cujo critério se eleva acima de toda a suspeita.

O nome da poetisa era aclamado; as suas produções, em manuscrito ainda quente das emoções do seu estro, criaram em torno de nós, como um vidro de perfume ao quebrar-se, uma atmosfera deliciosa de Arte e de Sentimento. E dessa invisível redoma, de onde uma nova alquimia tirava novos mundos, renasciam as paisagens pagãs, com os seus lácteos rios elevando murmúrios às frondes que os passavam ao céu azul, nessa ascensão de prece panteísta da terra profunda ao céu alto e luminoso.

E todos nós inquiríamos se era verdadeiramente de mulher aquele coração enérgico e possante, capaz de propelir o sangue de um milhão de artérias.

Foi, pois, principalmente nas páginas da *Semana* que a reputação de Francisca Júlia se tornou durável, sólida e indestrutível.

E quando ela vinha todos os sábados, com o fulgor e a pontualidade de um planeta, era logo cercada da admiração e do antigo aplauso com que todos nós a recebíamos. A sua poesia enérgica, vibrante, trazia a veemência de sonoridades estranhas, nunca ouvidas, uma música nova de que as cítaras banais do nosso Olimpo nos haviam desacostumado.

A banalidade vulgar e desolante do comum das poesias escritas outrora por mulheres; esses versos minados de tuberculose, de voz rouca e doentia, quase espremidos com o último alento vital, habituaram-nos a registrar cada estreia feminina sempre com a mesma velha sigla: *Está conforme*. Era como se disséssemos: – *Pode baixar à enfermaria*.

Mas dessa languidez antipática e irracional, nasceu, como devia nascer, a reação.

Ainda ultimamente, o livro de Júlia Cortines foi mais um clamor de energia contra essa tísica endêmica do Parnaso.

Pois que! Essas boas senhoras e essas gentis meninas, rubicundas e gordas, bonitas e risonhas, espirituosas todas, e algumas até glutonas, andavam a chorar pelos cantos da casa e a morrer em cada verso?

Francisca Júlia tem pouco mais de vinte anos de idade. Sente-se a custo, às vezes, nas suas produções, a ternura dos verdes anos que só a adolescência é capaz de sugerir e realizar, porque a frieza clássica dos seus versos é absoluta. Sabemos que aos 14 anos escrevia já os primeiros versos. Estreou no *Estado de São Paulo* e colaborou em várias outras folhas, no *Correio Paulistano*, no *Diário Popular*, no *Álbum*, e finalmente na *Semana* de onde irradiou seu nome para todos os ângulos do país.

Eis o que sei da sua curta biografia. Talvez, um dia, num livro que será extremamente curioso e sugestivo, ela nos conte a sua história íntima com aquela deliciosa linguagem pura e desataviada de ornatos, que transpira das suas cartas.

O caráter preponderante da sua poesia é, talvez, o amor da beleza clássica, tal qual a idearam os helenos de Péricles; o sentimento abstrato e profundo do número, do ritmo e da harmonia. Em uma palavra: – mais êxtase do que paixão. Bastaria para prová-lo esse soneto dos *Argonautas* que parece um baixo relevo de mármore, tal a fria correção do desenho, soneto que é, de certo, um dos mais belos e mais bem-acabado entre os da nossa língua.

Os argonautas

Mar fora, ei-los que vão cheios de ardor insano. Os astros e o luar – amigas-sentinelas,
Lançam bênçãos de cima às largas caravelas
Que rasgam fortemente a vastidão do oceano.

Ei-los que vão buscar noutras paragens belas
Infindos cabedais de algum tesouro arcano...
E o vento austral que passa, em cóleras, ufano,
Faz palpitar o bojo às retesadas velas.

Novos céus querem ver, miríficas belezas;
Querem também possuir tesouros e riquezas,
Como essas naus, que têm galhardetes e mastros...

Ateiam-lhes a febre essas minas supostas
E, olhos fitos no vácuo, imploram, de mãos postas,
A áurea benção dos céus e a proteção dos astros...

Na *Musa impassível* há idêntica perfeição de sonoridade; soa nos ao ouvido a complicação orquestral de um poema sinfônico; todos os rumores são harmoniosos; e o pensamento já não é expresso pela vulgaridade da articulação e do vocábulo, mas escoa e brota da música complexa, da forma mesma dos versos.

Dá-me o hemistíquio de ouro...

Versos que lembrem, com seus bárbaros ruídos,
Ora o áspero rumor de um calhau que se quebra,
Ora o surdo rumor de mármores partidos.

Outras vezes, na solidão da floresta, é ainda uma sonoridade selvagem que desperta e impressiona o astro da poetisa e ela traduz nesse verso esguio e fremente:
"Entre as folhas sibila a estrídula cigarra".
Se eu tivesse de fazer uma análise psicológica, (de cujo horror os leitores se livrariam a tempo) diria que a sensação predominante na compleição física e intelectual de Francisca Júlia é a *sensação auditiva*; ela sabe tirar

dos ruídos caóticos e irregulares da natureza as vibrações isócronas e musicais, e dá-lhes um relevo distintivo,

como um artista sabe, com o pincel, desdenhando o detalhe, distinguir as manchas do colorido geral da paisagem.

Um subsídio para essa afirmativa psicológica, bem pode ser a miopia da gentil poetisa. À deficiência da vista, procurou equilíbrio no ouvido, com a vantagem inegável de que a miopia natural, quando não é excessiva, é um bom elemento de educação da percepção visual na arte, por isso que facilita a visão das massas e suprime o incômodo das minúcias.

E querem avaliar os leitores como essa gentil criança *sabe ver* a natureza?

Ponham diante dos olhos esse trecho de paisagem africana em dia de calma:

Calma em tudo: Dardeja o sol raios tranquilos...
Desce um rio, a cantar Coalham-se à tona d'água,
Em compacto apertão, os velhos crocodilos...

Na mesma poesia (*Sonho africano*) que é toda um primor de arte, encontra-se esta imagem digna de um pincel impressionista:

Ei-lo em sua choupana.
A Lâmpada, suspensa
Ao teto, oscila; a um canto, um velho e ervado fimbo
Entrando, porta a dentro, o sol forma-lhe um nimbo
Cor de cinabre em torno à carapinha densa.

Na poesia *De joelhos*, que é uma tentativa de versos simbólicos, místicos, ou decadistas, – a autora tira todos os efeitos admiráveis de luz, de som e de movimento. Toda a luz do quadro só permite ver a monja e dela a princípio, os olhos altos, presos ao teto, e depois os braços e o rosto branco; percebe-se o murmúrio sonoro da reza cochichada, contínua...

Reza de manso. Toda de roxo,
A vista no teto presa,
Como que imita a tristeza
Daquele círio trêmulo e frouxo.

E os dois aspectos artísticos, de luz e som, o do murmúrio e o da imagem branca da monja, vão-se alternando nas estrofes:

Salmos doridos, cantos aéreos,
Melodiosos gorjeios,
Roçam-lhe os ouvidos, cheios
De misticismo e de mistérios.

Quanta tristeza, quanto desgosto
Mostra na alma aberta e franca,
Quando fica branca, branca,
As mãos erguidas, pálido o rosto...
Parece estar no Outro-Mundo
De outros mistérios e de outras vidas.

Não tenho hoje hesitação alguma, quaisquer que sejam as consequências do asserto, em afirmar que depois da geração que costumamos simbolizar nos nomes de Raimundo Correia, Olavo Bilac e Alberto Oliveira, tenha aparecido um poeta que se avantaje, ou, sequer, iguale à autora dos *Mármores*. Nem aqui, nem no sul, nem no norte onde agora floresce uma escola literária (*A Padaria espiritual* do Ceará) encontro um nome que se possa opor ao de Francisca Júlia.

Todos lhe são positivamente inferiores no estro, na composição e fatura do verso; nenhum possui em tal grau o talento de reproduzir as belezas clássicas com essa fria severidade de forma e de epítetos de que Heredia e Leconte deram o exemplo na literatura francesa; nenhum jamais dentre os místicos e nefelibatas de Lisboa ou do Rio de Janeiro, se elevou a essa região serena do misticismo que a poesia *De joelhos* nos revela com tão extraordinária emoção.

Como tradutora, Francisca Júlia tem igualmente qualidades apreciáveis.

Contribuiu ela com alguns formosos números para a tradução brasileira do *Intermezzo* de Heine, publicada pela *Semana*.

Por esse tempo, um crítico alemão publicou no *Tagblatt* uma extensa apreciação sobre a tradução brasileira. Era natural que ao Sr. Emílio Strauss fossem estranhas as harmonias do nosso idioma; por isso o crítico foi desapiedado para com poetas da estatura de Raimundo Correia e Luiz Delfino, ao passo que elevou às nuvens poetas estimáveis, mas de menos fôlego. O crítico apenas deixa-se levar pelo critério da *tradução literal rigorosa*, o que muitas vezes conduz aos maiores absurdos; na poesia, não só o vocábulo, mas a melodia e o ritmo são elementos iguais de expressão, e esses últimos elementos são tanto mais intensos quanto cresce a distância entre a civilização e a língua do poeta original e a do poeta que traduz.

Analisando, com seu estreito critério, Emílio Strauss não pôde compreender o mérito das traduções de Francisca Júlia.

Que a nossa poetisa pôde traduzir mesmo *literalmente* e com o maior rigor de fidelidade as belezas da poesia alemã, é verdade que ninguém poderia com decência encobrir.

No presente volume os leitores encontrarão um *lied* de Gothe – *Calma do mar* – (Meeres Stille) que pode ser cotejado com o original alemão.

Os dois últimos versos

In der ungeheuern Weite Reget keine Welle sich

São traduzidos com rigor literal:

Em todo o vasto mar, em parte alguma,
A mais pequena vaga se levanta.

Entretanto, não seria de todo inútil apontar à gentil poetisa os perigos e as desvantagens da *paráfrase*, quando se pode traduzir com a fidelidade e a elegância que transpiram nos dois versos acima transcritos.

Vou concluir.

Aos que vão começar a deliciosa leitura dos *Mármores*, peço perdão dessa palestra importuna, inculta e bárbara, sem atavios de estilo, e, todavia, sem a singeleza que reclamaria o pórtico desse tempo suntuoso. A Machado de Assis ou a Raul Pompeia caberia essa arquitetura preliminar.

Mas também o contraste é excelente recurso para efeitos necessários.

Sirva isso de prólogo e de contraste à grandiosa beleza dos *Mármores*.

Rio, 1 de janeiro de 1895.
João Ribeiro

I

Musa Impassível

Musa! Um gesto sequer de dor ou de sincero
Luto jamais te afeie o cândido semblante!
Diante de um Jó, conserva o mesmo orgulho, e diante
De um morto, o mesmo olhar e sobrecenho austero.

Em teus olhos não quero a lágrima; não quero
Em tua boca o suave e idílico descante.
Celebra ora um fantasma anguiforme de Dante,
Ora o vulto marcial de um guerreiro de Homero.

Dá-me o hemistíquio d'ouro, a imagem atrativa;
A rima cujo som, de uma harmonia crebra,
Cante aos ouvidos d'alma; a estrofe limpa e viva;

Versos que lembrem, com seus bárbaros ruídos,
Ora o áspero rumor de um calhau que se quebra,
Ora o surdo rumor de mármores partidos.

II

A um artista

A meu irmão, Júlio César da Silva

Mergulha o teu olhar de fino colorista
No azul; medita um pouco, e escreve; um nada quase: Um
trecho só de prosa, uma estrofe, uma frase
Que patenteie a mão de um requintado artista.

Escreve! Molha a pena, o leve estilo enrista!
Pinta um canto de céu, uma nuvem de gaze
Solta, brilhante ao sol; e que a alma se te vase
Na cópia dessa luz que nos deslumbra a vista.

Escreve! ... Um céu ostenta o matiz da celagem
Onde erra o sol, moroso, entre vapores brancos,
Irisando, ao de leve, o verde da paisagem...

Uma ave banha ao sol o esplendido plumacho...
Num recanto de bosque, a lamber os barrancos,
Espumeja em cachões uma cachoeira em baixo...

III

Os argonautas

A Carlos Coelho

Mar fora, ei-los que vão cheios de ardor insano.
Os astros e o luar – amigas sentinelas –
Lançam bênçãos de cima às largas caravelas
Que rasgam fortemente a vastidão do oceano.

Ei-los que vão buscar noutras paragens belas
Infindos cabedais de algum tesouro arcano...
E o vento austral que passa em cóleras, ufano,
Faz palpitar o bojo às retesadas velas.

Novos céus querem ver, miríficas belezas;
Querem também possuir tesouros e riquezas
Como essas naus que têm galhardetes e mastros...

Ateiam-lhes a febre essas minas supostas...
E, olhos fitos no vácuo, imploram, de mãos postas,
A áurea benção dos céus e a proteção dos astros...

IV

Mahabarata

Abre esse grande poema onde a imaginativa
De Vyasa, num fragor ecoante de cascata,
Tantas façanhas conta e dessa estrênua e diva
Progênie de Pandú tantas glórias relata!

Ora Kansa, a suprema encarnação do Siva,
Ora os suaves perfis de Krichna de Virata
Perpassam, como heróis, numa onda reversiva,
Nas estrofes caudais do grande Mahabarata.

Olha este incêndio e pasma: aspecto belo e triste!
Caminha agora a passo este deserto areoso ...
Por cima o céu imenso onde palpitam sóis...

Corre tudo, ofegante, e finalmente assiste
À ascensão de Iudhishthira ao Indra luminoso
E à apoteose final dos últimos heróis.

V

Rainha das águas

A Alberto di Oliveira

Mar fora, a rir, da boca o fulgido tesouro
Mostrando, e sacudindo a farta cabeleira,
Corta a planura ao mar, que se desdobra inteira,
Numa varina azul orladurada de ouro.

Rema, à popa, um tritão de escameo dorso louro;
Vão à frente os delfins; e, marchando em fileira,
Das ondas a seguir a luminosa esteira,
Vão cantando, a compasso, as piérides em coro.

Crespas, cantando em torno, as vagas, em surdina,
Lambem de popa à proa o casco da varina
Que prossegue, mar afora, a infinda rota, ufana...

E, no alto, o louro sol que assoma, entre desmaios,
Saúda esse outro sol de coruscantes raios
Que orna a cabeça real da bela soberana.

VI

Sonho africano

A João Ribeiro

Ei-lo em sua choupana. A lâmpada, suspensa
Ao teto, oscila; a um canto, um velho e ervado fimbo.
Entretanto, porta dentro, o sol forma-lhe um nimbo
Cor de cinabre em torno à carapinha densa.

Estira-se no chão... tanta fadiga e doença!
Espreguiça, boceja... O apagado cachimbo
Na boca, nessa meia escuridão de limbo,
Mole, semicerrando os dúbios olhos, pensa...

Pensa na longe pátria. As florestas gigantes
Se estendem, sob o azul, onde, cheios de mágoa,
Vivem negros pitus e enormes elefantes...

Calma em tudo. Dardeja o sol raios tranquilos...
Desce um rio, a cantar... Coalham-se à tona d'água,
Em compacto apertão, os velhos crocodilos...

VII

Paisagem

Dorme sob o silêncio o parque. Com descanso,
Aos haustos, aspirando o finíssimo extrato
Que evapora a verdura e que deleita o olfato,
Pelas alas sem fim das árvores avanço.

Ao fundo do pomar, entre as folhas, abstrato
Em cismas, tristemente, um alvíssimo ganso
Escorrega de manso, escorrega de manso
Pelo claro cristal do límpido regato.

Nenhuma ave sequer, sobre a macia alfombra,
Pousa. Tudo deserto. Aos poucos escurece
A campina, a rechã sob a noturna sombra.

E enquanto o ganso vai, abstrato em cismas, pelas
Selvas adentro entrando, a noite desce, desce...
E espalham-se no céu camândulas de estrelas.

VIII

Vênus

A Vitor Silva

Branca e hercúlea, de pé, num bloco de Carrara,
Que lhe serve de trono, a formosa escultura,
Vênus, túmido o colo, em severa postura,
Com seus olhos de pedra o mundo inteiro encara.

Um sopro, um quê de vida o gênio lhe insuflara;
E impassível, de pé, mostra em toda a brancura,
Desde as linhas da face ao talhe da cintura,
A majestade real de uma beleza rara.

Vendo-a nessa postura e nesse nobre entono
De minerva marcial que pelo gládio arranca,
Julgo vê-la descer lentamente do trono.

É, na mesma atitude a que a insolência a obriga,
Postar-se à minha frente, impassível e branca,
Na régia perfeição da formosura antiga.

IX

Em Sonda

Quieta, enrolada a um tronco, ameaçadora e hedionda,
A *boa* espia... Em cima estende-se a folhagem
Que um vento manso faz oscilar, de onda em onda,
Com a sua noturna e amorosa bafagem.

Um luar mortiço banha a floresta de Sonda,
Desde a copa da faia à esplêndida pastagem;
E o ofidiano escondido, olhos abertos, sonda...
Vai passando, tranquilo, um búfalo selvagem

Segue o búfalo, só... mas suspende-lhe o passo
O ofidiano cruel que o ataca de repente,
E que o prende, a silvar, com suas roscas de aço.

Tenta o pobre lutar; os chavelhos enresta;
Mas tomba de cansaço e morre... Tristemente
No alto se esconde a lua, e cala-se a floresta...

X

A caçada

A Valentim Magalhães

Ao mirante gentil de construção bizarra
Acabou de subir naquele mesmo instante
Em que o seu noivo foi à caça; e, palpitante,
Lá fora cuida ouvir os sons de uma fanfarra.

E, ao mesmo tempo ouvindo o selvagem descante
Que, entre as folhas, sibila a estrídula cigarra,
Ela vai ler a carta onde o seu noivo narra
A dor que há de sofrer quando estiver distante...

E dorme, vendo o sol que, através de uma escassa
Nuvem branca, ilumina as íngremes encostas
Dos montes onde ondeja a matilha da caça;

E, bem de perto, ao rumor de trompas e ladridos,
O seu noivo gentil que, de espingarda às costas,
Lhe oferta uma porção de pássaros feridos...

XI

No campo

A Max Fleiuss

O olhar choroso sob as negras sobrancelhas,
Costas abaixo solta a negra trança basta,
A campônia vai guiando, a picadinhas d'hasta,
Um rebanho gentil de cândidas ovelhas.

Uma junta de bois morosa, em meio à vasta
Nava, arrastando vai umas charruas velhas...
E escutando o raspar monótono das relhas,
Queda-se na planície um grande boi que pasta...

E some-se o rebanho. Uma sombra flutuante
Paira sobre a extensão da planície, distante...
Na espessura a campônia esconde-se depois.

E, ao longe, sob o céu, como uma prece estranha
Que desperta a mudez do campo e da montanha,
Chora no ar o mugir dos fatigados bois.

XII

Noturno

Pesa o silêncio sobre a terra. Por extenso
Caminho, passo a passo, o cortejo funéreo
Se arrasta em direção ao negro cemitério...
À frente, um vulto agita a caçoula do incenso.

E o cortejo caminha. Os cantos do saltério
Ouvem-se. O morto vai numa rede suspenso;
Uma mulher enxuga as lágrimas ao lenço;
Chora no ar o rumor de um misticismo aéreo.

Uma ave canta; o vento acorda. A ampla mortalha
Da noite se ilumina ao resplendor da lua...
Uma estrige soluça; a folhagem farfalha.

E enquanto paira no ar esse rumor das calmas
Noites, acima dele, em silêncio, flutua
O Lausperene mudo e súplice das almas.

XIII

A noite

A Wenceslau de Queiroz

Um vento fresco e suave entre os pinhais murmura.
A noite, aos ombros solta a desgrenhada coma,
No seu plaustro de crepe, entre as nuvens assoma...
Tornam-se o campo e o céu de uma cor mais escura.

Um novo aspecto em tudo. Um novo e bom aroma
De látiros exala a amplíssima verdura.
Num hausto longo, a Noite, aos ares a frescura
Doce, entreabrindo a flor dos negros lábios, toma...

Por vales e rechãs caminha, passo a passo,
Atento o ouvido, à escuta... E no seu plaustro enorme,
Cujo rumor desperta a placidez do espaço,

À encantada região das estrelas se eleva...
E, ao ver que dorme o espaço e o mundo inteiro dorme,
Volve, quieta, de novo, à habitação da treva...

XIV

A Ondina

Rente ao mar que soluça e lambe a praia, a Ondina,
Solto, às brisas da noite, o áureo cabelo, nua,
Pela praia passeia. A opálica neblina
Tem reflexos de prata à refração da lua.

Uma velha goleta encalhada, a bolina
Rota, pompeia no ar a vela, que flutua.
E, de onda em onda, o mar, soluçando em surdina,
Empola-se espumante, à praia vem, recua...

E, surdindo da treva, um monstro negro, fito
O olhar na Ondina, avança, embargando-lhe o passo...
Ela tenta fugir, sufoca o choro, o grito...

Mas o mar, que, espreitando-a, as ondas avoluma,
Roja-se aos pés da Ondina e esconde-a no regaço,
Envolvendo-lhe o corpo em turbilhões de espuma.

XV

Aurora

Mensageira da luz, a brisa corre. A Aurora
Do seu leito real de tiro se levanta.
Toda a campina acorda em festa. Cada planta
Mostra o sorriso ideal da matutina Flora.

Um cheiro doce e fresco a verdura evapora.
A araponga, afinando a matinal garganta,
Grita; um pássaro geme; a patativa canta...
Todo o campo é uma orquestra harmônica e sonora.

Vara o diáfano véu da alvíssima neblina
Uma seta de sol. E a floresta, a campina,
Ainda cheias de luz de um pálido arrebol,

Descortinam-se... E em pouco, a campina, a floresta,
Cheias do riso bom da natureza em festa,
Palpitam sob a luz fecundante do sol.

XVI

A um poeta

Poeta, quando te leio, a angústia dolorida
Que te mina a existência e que em teu peito impera,
Faz-me também sofrer, d'alma se me apodera,
Como se da minh'alma ela fosse nascida.

Sinto o que sentes: ora a lágrima sincera
Que foi pela saudade ou pelo amor vertida,
Ora a mágoa que habita em tua alma, – guarida
Onde a negra legião das mágoas se aglomera.

Não há nos versos teus um sentimento alheio
A esse teu coração macerado de fráguas;
Há neles ora o suave e módulo gorjeio

Das aves, ora a queixa harmônica das águas...
Leio os teus versos; e, em minh'alma, quando os leio,
Vai gemendo, em surdina, a música das mágoas...

XVII

À noite

Eis-me a pensar, enquanto a noite envolve a terra;
Olhos fitos no vácuo, a amiga pena em pouso,
Eis-me, pois, a pensar... De antro em antro, de serra
Em serra, ecoa, longo, um *réquiem* doloroso.

No alto da estrela triste as pálpebras descerra,
Lançando, noite a dentro, o claro olhar piedoso.
A alma das sombras dorme; e pelos ares erra
Um mórbido langor de calma e de repouso...

Em noite escura assim, de repouso e de calma,
É que a alma vive e a dor exulta, ambas unidas,
A alma cheia de dor, a dor tão cheia de alma...

É que a alma se abandona ao sabor dos enganos,
  Antegozando já quimeras pressentidas
Que, mais tarde, hão de vir com o decorrer dos anos.

XVIII

Inverno

A João Luso

Outrora, quanta vida e amor nestas formosas
Ribas! Quão verde e fresca esta planície, quando,
Debatendo-se no ar, os pássaros, em bando,
O ar enchia de sons e queixas misteriosas!

Tudo era vida e amor. As árvores copiosas
Mexiam-se, de manso, ao resfôlego brando
Da brisa que passava em tudo derramando
O perfume sutil dos cravos e das rosas...

Mas veio o inverno; e vida e amor foram-se em breve.
O ar se encheu de rumor e de uivos desolados...
As árvores do campo, enroupadas de neve,

Sob o látego atroz da invernia que corta,
São esqueletos que, de braços levantados,
Vão pedindo socorro à primavera morta.

LIEDER DE GOETHE

I

Calme de la mer[1]

Tranquilo, o mar não canta nem ondeia;
O nauta, imerso noutro mar de mágoas,
Os olhos tristes e úmidos passeia
Pela tranquila quietação das águas.

A onda que dorme quieta, não espuma;
O austro que sonha plácido, não canta;
E em todo o vasto mar, em parte alguma,
A mais pequena vaga se levanta.

---

1. Tradução do francês: Calma do mar.

II

Lied sicilien[2]

Olhos! Que ateais os corações e a guerra,
Olhos, quando piscais, olhos de brasas,
Muralhas abalroam, caem casas,
E enormes paredões rolam por terra!

Assim, a um golpe rápido de vista,
Esta débil e trêmula muralha,
Dentro da qual meu coração trabalha,
Como quereis, dizei-me, que resista?

---

[2] Tradução do francês: Canção siciliana.

III

La prude[3]

Deliciosa manhã de primavera doura
Os campos. Ainda dorme o sol. Mas a pastora,
Descuidosa, passeia, enfeitadinha já.
Quem a vê, a maciez das faces lhe namora.
E ela cantando vai pelos campos em fora:
Trá, la, lá! Trá, lá, lá!

Por um beijo um pastor oferta-lhe uma ovelha,
Duas, quantas quiser... E ela fica vermelha
De raiva, bate o pé... Tão formosa e tão má!
Encara-o com desprezo; e depois, apressando
Os passos, segue adiante, alígera, cantando:
Trá, lá, lá! Trá, lá, lá!

Um pastor lhe oferece o coração a ela;
Fitas outro pastor lhe oferta; mas a bela
Pastorinha gentil, enfastiada já,
Ri de ambos, como riu das ovelhinhas brancas
Do primeiro. E prossegue, entre risadas francas,
Trá, lá, lá! Trá, lá, lá!

---

3 Tradução do francês: A puritana.

A. HEINE NÚMEROS DO INTERMEZZO[4]

---

4. "A. Heine", ao invés de "H. Heine" (como está na edição original de 1885). Este erro de impressão foi corrigido na edição do Senado Federal, publicado em 2020.

I

Já te esqueceste, pois, inteiramente,
De que em melhores épocas da vida,
      Teu coração, querida,
Me palpitou no coração ardente?
Teu coração de leve mariposa
      Esvoaçante e terrena,
Tão pequeno e tão falso que outra coisa
Não pode haver mais falsa e mais pequena?

E, decerto também já te esqueceste
      Do pesar e do amor
      Com que tu me prendeste
O coração num círculo de dor.

Pesar e amor! Ambos me fazem doente;
      Ambos me são do pranto
      Incentivos fatais;
      E não sei, entretanto,
Se aquele pode ser maior do que este,
Pois sei apenas que ambos, igualmente,
      Já são grandes demais.

II

   Meus cantos, cujo treno
Minh'alma escuta, amargurada e triste,
São repassados de letal veneno:
De outra forma não pode ser, querida,
    Porque tu espargiste
Sobre a modesta flor da minha vida
    O orvalho do veneno.

   Meus cantos, cujo treno
Qualquer sorriso em lágrimas transforma,
São repassados de letal veneno;
Não pode ser, entanto, de outra forma,
Porque, em meio das coisas mais singelas
Que tenho n'alma, agitam-se, frementes,
    Implacáveis serpentes...
E tu, formosa amante, és uma delas!

III

A noite é muda e triste. O espaço é triste e mudo.
E caminhando eu vou pela floresta espessa,
    Rompendo a cerração.
As ramagens abalo, as árvores sacudo:
E elas movem de leve a rórida cabeça,
    Num ar de compaixão.

IV

Floresta afora, além, no encontro das estradas,
        Suicidas sem descanso,
Agitam-se no horror das covas profanadas.
Perto, uma flor azul desabrocha de manso:
Dão-lhe o nome de flor das almas condenadas.

Certa vez, eu lá fui. A noite estava fria;
        O espaço mudo estava.
À beira de uma cova a flor azul tremia;
E entre nuvens de crepe, a lua, que passava,
Derramava-lhe em torno a sua luz sombria.

BALADA

I

Balada

"Eu vou partir. A noite já desmaia.
Parto; por isso, cândida princesa,
Venho beijar as mãos à Vossa Alteza...
Botes e naus esperam-me na praia.

Tenho, decerto, de sofrer azares,
Dores sofrer; mas hei de, com denodo,
Pugnas vencer e conquistar de todo
Terras estranhas e remotos mares...

Não sei se morrerei; mas se, princesa,
Através de procelas e de escolhos
A negra morte me fechar os olhos,
Eu morrerei pensando em Vossa alteza.

Mas, forçoso é partir; adeus, senhora..."
"Conde, adeus..." murmurou, baixando a fronte.

A noite desmaiava. No horizonte
Já se movia o séquito da aurora.

E ela, a princesa, imersa num letargo,
Ficou olhando a vastidão do oceano.

Rompeu, enfim, o sol. E, a todo o pano,
A aventureira nau se fez ao largo...

II

A florista

Suspensa ao braço a grávida corbelha,
Segue a passo, tranquila... O sol faísca...
Os seus carmíneos lábios de mourisca
Se abrem, sorrindo, numa flor vermelha.

Deita à sombra de uma árvore.
Uma abelha Zumbe em torno ao cabaz... Uma ave, arisca,
Bem perto dela pelo chão lambisca,
Olhando-a, às vezes, trêmula, de esguelha...

Aos ouvidos lhe soa um rumor brando De folhas.
Pouco a pouco, um leve sono
Lhe vai as grandes pálpebras cerrando...

Cai-lhe de um pé o rústico tamanco...
E assim descalça, mostra, em abandono, O vultinho de um pé macio e branco.

III

Inconsoláveis

Almas, por que chorais, se ninguém vos responde?
Almas, por quê? Deixai as lágrimas! Empós
Do ideal correi, correi a longes plagas, onde
Não exista ninguém que escarneça de vós.

Lançai o vosso olhar a longínquas paragens,
Bem distantes daqui, cheias de ideais risonhos,
Onde as aves do amor, sacudindo as plumagens,
Passem cantando ao longe a música dos sonhos...

A longes plagas onde estas misérias todas
Não consigam deixar o mínimo sinal;
Paragens onde, em meio às delirantes bodas
Dos sonhos e do amor, exulte e cante o Ideal...

Mas não, almas! Soltai a vossa queixa triste;
Contai ao mundo inteiro a vossa mágoa justa;
Essa terra de ideal, ó almas, não existe;
Inventei-a somente, e inventá-la não custa.

Pobres almas, lançai em torno a vossa vista:
Sempre haveis de encontrar essa miséria atroz.
Almas, chorai, que embora esse país exista,
Nele há de haver alguém que escarneça de vós.

IV

Estela

Como dormes feliz, anjo adorado,
Nesse teu berço, assim... tu, cujos olhos
Nunca viram misérias nem abrolhos,
Mas as vêm somente o maternal cuidado.

O anjo da guarda está velando ao lado
Do teu berço, a sorrir... Os teus antolhos
São, por enquanto, os ondulantes folhos
Do teu bercinho de ébano lavrado.

Dorme, que enquanto o querubim de vela,
Ele te envolve nessa etérea veste
Que usam no céu os querubins, Estela;

Dorme; o teu sono cheio de fulgores
De certo eleva-te a um país celeste
Todo cheio de pássaros e flores.

V

De joelhos

A Santa Tereza

Reza de manso... Toda de roxo,
      A vista no teto presa,
      Como que imita a tristeza
Daquele círio trêmulo e frouxo...

E assim, mostrando todo o desgosto
      Que sobre sua alma pesa,
      Ela reza, reza, reza,
As mãos erguidas, pálido o rosto...

O rosto pálido, as mãos erguidas,
      O olhar choroso e profundo...
      Parece estar no Outro Mundo
De outros mistérios e de outras vidas...

Implora a Cristo, seu Casto Esposo,
      Numa prece ou num transporte,
      O termo final da Morte,
Para descanso, para repouso...

Salmos doridos, cantos aéreos,
        Melodiosos gorjeios
        Roçam-lhe os ouvidos, cheios
De misticismos e de mistérios...
Reza de manso, reza de manso,
        Implorando ao Casto Esposo
        A morte, para repouso,
Para sossego, para descanso

D'alma e do corpo que se consomem,
        Num desânimo profundo,
        Ante às misérias do Mundo,
Ante às misérias tão baixas do Homem!

Quanta tristeza, quanto desgosto,
        Mostra na alma aberta e franca,
        Quando fica, branca, branca,
As mãos erguidas, pálido o rosto...

O rosto pálido, as mãos erguidas,
        O olhar choroso e profundo,
        Parece estar no Outro Mundo
De outros mistérios e de outras vidas...

VI

No *boudoir*

Aguarda o jovem conde há quase uma hora,
Mudo, a agradável ocasião de vê-la.
A um canto de *boudoir*, altiva e bela,
Está sentada a viscondessa Aurora.

Entra e murmura: "Que brilhante estrela!
Vou confessar-lhe o meu amor agora..."
Depois, aproximando-se: "Senhora,
Tenho muito prazer em conhecê-la..."

E segreda baixinho: "Viscondessa,
É por Vossa Excelência que deliro..."
E ela, soerguendo, tímida, a cabeça,

Fita-o, sorrindo, nada lhe responde...
Solta apenas um trêmulo suspiro
Ao ver os olhos do formoso conde.

VII

D. Alda

(Lied MODERNO)

Hoje D. Alda madrugou. Às costas
Solta a opulenta cabeleira de ouro,
Nos lábios um sorriso de alegria,
Vai passear ao jardim; as flores, postas
Em longa fila, alegremente, em coro,
      Saúdam-na: "Bom dia! "
D. Alda segue... Segue-a uma andorinha;
Com seus raios de luz o sol a banha;
      E D. Alda caminha...
Uma porção de folhas a acompanha...

Caminha... Como um fulgido brilhante,
      O seu olhar fulgura.
Mas – que cruel! – ao dar um passo adiante,
Enquanto a barra do roupão sofralda,
Pisa um cravo gentil de láctea alvura!

E este, sob os seus pés, inda murmura:
"Obrigado, D. Alda."

VIII

No baile

Flores, damascos... é um sarau de gala.
Tudo reluz, tudo esplandece e brilha;
Riquíssimos bordados de escumilha
Envolvem toda a suntuosa sala.

Moços, moças levantam-se; a quadrilha
Rompe; um suave perfume o ar trescala;
E Flora, a um canto, envolta na mantilha,
Espera que o marquês venha tirá-la...

Finda a quadrilha. Rompe a valsa inglesa.
E ela não quer dançar! Ela, a marquesa
Flora, a menina mais formosa e rica!

E ele não vem! Enquanto finda a valsa,
Ela, triste, a sonhar, calça e descalça
As finíssimas luvas de pelica!

IX

Mudez

Já rumores não há; não há; calou-se
Tudo. Um silêncio deleitoso e morno
        Vai-se espalhando em torno
Às folhagens tranquilas do pomar.

Torna-se o vento cada vez mais doce...
Silêncio... Ouve-se apenas o gemido
De um pequenino pássaro perdido
Que inda espaneja as suas asas no ar.

Ouve-me, amiga, este é o Silêncio, o grande
Silêncio, o rei das trevas e da calma,
        Em que a nossa triste alma,
Penetrada de mágoas e de dor,
        Se dilata, se expande,
E seus segredos íntimos mergulha...
Prolonga-se a mudez: nenhuma bulha;
Já se não ouve o mínimo rumor.

Esta é a mudez, esta é a mudez que fala
(Não aos ouvidos, não, porque os ouvidos
Não conseguem ouvir esses gemidos

Que ela derrama, à noite, sobre nós)
   À alma de quem se embala
Numa saudade mística e tranquila...
Nossa alma apenas é que pode ouvi-la,
E que consegue perceber-lhe a voz.
Escuta a queixa tácita e celeste
Que este silêncio fala a ti, tão triste...
E hás de lembrar o dia em que tu viste
Perto de ti, pela primeira vez,
   Alguém a quem disseste
Uma frase de amor, de amor... ó louca!
E que, no entanto, só mostrou na boca
A mais brutal e irônica mudez!

X

Pérfida

Disse-lhe o poeta: "Aqui sob estes ramos,
Sob estas verdes laçarias bravas,
Ah! Quantos beijos, trêmula, me davas!
Ah! Quantas horas de prazer passamos!

Foi aqui mesmo, – como tu me amavas!
Foi aqui, sob os flóridos recamos
Desta ramagem, que uma rede alçamos
Em que teu corpo, mole, repousavas.

Horas passava junto a ti, bem perto
De ti. Que gozo então! Mas pouco a pouco,
Todo esse amor calcaste sob os pés".

Mas, disse-lhe ela, quem és tu? De certo,
Essa mulher de quem tu falas, louco,
Não, não sou eu, porque não sei quem és...

XI

Laura

Esta é a Laura, a riquíssima princesa
De negros olhos, elegante e bela,
A cujas plantas a áulica nobreza
Se roja, apenas a um sorriso dela.

Rosa de estranha e sensual fragrância,
Nascida em pobre e humílimo canteiro,
Em todos os certames da Elegância
Sempre conquista o galardão primeiro.

O seu esposo é um príncipe normando,
Louro e de face turgida e vermelha,
Em cujo olhar enérgico se espelha
A arrogância do orgulho e áspero mando.

Há tempos, Laura era a menina honesta,
Toda aos prazeres deste mundo alheia,
Que passava o viver nessa modesta
Vida tediosa e símplice de aldeia.

E quanta vez, à noite, a sós consigo,
Não fez correr as lágrimas no rosto,

Sem nunca achar em coração amigo
Que se doesse também com o seu desgosto!

Mas, um dia, a fortuna entrou-lhe à porta;
E, olhando derredor, vendo-a sozinha,
Com esse timbre de voz que a alma conforta,
"Laura, disse, levanta-te e caminha!"

E conduziu-a, pela mão, ao grande
Mundo do luxo pródigo e faustoso,
Onde, farta e soberba, a alma se expande,
Cheia do tédio mórbido do gozo.

Hoje é a Laura, a riquíssima princesa
De negros olhos, elegante e bela,
A cujas plantas a áulica nobreza
Se roja, apenas a um sorriso dela.

XII

As duas irmãs

Vem a primeira a fala-lhe em segredo:
"Amiga, vê, (nem sei como isto conte!)
Como correm as águas desta fonte:
Tal corre a vida, e acaba-se tão cedo!

Ama, pois!" A segunda, em cuja fronte
Brilha um raio de luz, murmura, a medo,
Apontando-lhe o chão: "Este é o degredo
Perpétuo e atroz do teu amor insonte.

Contudo, espera." E somem-se a Esperança
E a Saudade. E ela fica, como douda,
A olhar o rastro dessas deusas belas...

E ela fica esperando-as...Cansa, cansa
De esperá-las assim, a vida toda,
Sem jamais receber notícias delas! ...

XIII

A criança
(Imitação de Hugo)

Vous qui ne savez pas combien l'enfance est belle,
Enfant! N'enviez point notre age de douleurs... [5]

                                    Vitor Hugo.

Choras, criança, mas chorar não deves;
Entre a velhice e as tuas horas leves
    É pequena a distância;
    Choras debalde; choras,
Por que não sabes, flor, quanto são breves
    Da humana vida as horas,
Por que não sabes quanto é bela a infância!

Tu, cuja vida é um suave paraíso
    Adornado de flores,
Da nossa vida mísera de dores
    Amargas e revezes,
Nunca invejes o júbilo indeciso,
Porque teu pranto é menos triste, às vezes,
    Do que nosso sorriso.
    Os teus dias são rosas

---

5. Tradução do francês: "Você que não sabe como é bela a infância, Criança! Não inveje nossa era de dor..."

Que vicejam, alegres e radiosas,
Nessas tuas manhãs de eternas galas;
Nunca as desfolhem, gárrula criança;
Deixa-as em paz, descansa,
Deixa que o tempo venha desfolhá-las.

XIV

Quadro incompleto

Foi um rico painel. Traço por traço,
Nele notava-se a paixão do artista.
Via-se, ao fundo, a tortuosa crista
De altas montanhas a beijar o espaço.

No centro, um rio, a distender o braço.
Selvas banhavam em triunfal conquista.
Ao longo, dois amantes, pela lista
De um carreiro, seguiam, passo a passo.

Foi um rico painel. Uma obra finda
A primor, que, apesar de velha, ainda
Conservava das cores a frescura.

Hoje, porém, não é como era dantes:
Pois no ponto onde estavam os amantes,
Existe apenas uma nódoa escura.

XV

Prece

D'oú me viente, ô mon Dieu, cette paix qui m'inonde?
D'oú me vient cette foi dont mon coeur surabonde?[6]

Lamartine.

Santa Maria, iluminai
A estrada aspérrima que trilho:
Ah! Por amor de vosso Filho!
Ah! Por amor de Vosso Pai!

Aos marinheiros que, no mar,
Temem as sirtes e os escolhos,
Dai-lhes a unção dos vossos olhos,
Dai-lhes a unção do vosso olhar.

Não peço glórias nem troféus
Que as amarguras não compensam:
Apenas quero que a vossa benção,
Só, muito embora, ó Mãe de Deus,

O camponês não queira o bus
Dos vossos olhos e nem vo-lo

---

6. Tradução do francês: De onde vem essa paz que me domina, ó meu Deus? De onde vem essa fé com a qual meu coração abunda?

Peça, mas peça um ferragoulo
Para cobrir os ombros nus.

Ao miserável que cair,
Ao roto dai-lhes uma tira
Do vosso manto de safira
Para as feridas encobrir;

Às noivas pobres, enxovais;
Ao pecador, ao moribundo,
Dai-lhes o gozo do outro mundo
Longe das chamas infernais.

Dai-nos do vosso olhar a unção!
E que sejais sempre bendita
Lá nessa abóbada infinita,
Ó imaculada Conceição!

Santa Maria, iluminai
A estrada aspérrima que trilho!
Ah! Por amor de vosso Filho!
Ah! Por amor de vosso Pai!

XVI

Mãe

Embora a mágoa a aflija e a sorte a oprima,
O seu amor, como celeste esmola,
É um perfume sutil que se lhe evola
Do peito e sobe deste mundo acima.

Com que ternura a sua voz me anima,
Quando, pelo meu rosto, o pranto rola!
Ninguém, como ela, a minha dor consola,
Ninguém, como ela, o meu pesar lastima.

Julgo-me só e chamo-a... Ela não tarda!
Volta, acode-me, alegre; e, num momento,
Desfaz a dor que o coração me enluta.

Ela é a mais fiel, a mais constante guarda
Que, no meio da noite, o ouvido atento,
O meu suspiro entrecortado escuta.

XVII

Egito

No ar pesado, nenhum rumor, o menor grito;
Nem no chão calvo e seco o mais pequeno adorno;
Um velho ibe[7] somente arranca um raro piorno
Que cresce pelos vãos das lajes de granito.

A aura branda, que vem do deserto infinito,
Arrepia, ao de leve, a água do Nilo, em torno. Corre o Nilo, a gemer, sob um calor de forno
Que, em ondas, desce do alto e invade todo o Egito.

Destacando na luz, agora, o vulto absorto
De um adelo que passa, em caminho da feira,
Dá mais um tom de mágoa ao vasto quadro morto.

Bate na areia o sol. E, num sonho tranquilo,
Pompeia, ao largo, a alvura uma barca veleira,
A tremer, a tremer sobre as águas do Nilo.

---

7 ibe ou íbis-sagrado é uma espécie de ave..

XVIII

Musa impassível

Ó Musa, cujo olhar de pedra, que não chora,
Gela o sorriso ao lábio e as lágrimas estanca!
Dá-me que eu vá contigo, em liberdade franca,
Por esse grande espaço onde o Impassível mora.

Leva-me longe, ó Musa impassível e branca!
Longe, acima do mundo, imensidade em fora,
Onde, chamas lançando ao cortejo da aurora,
O áureo plaustro do sol nas nuvens solavanca.

Transporta-me, de vez, numa ascensão ardente,
À deliciosa paz dos Olímpicos Lares,
Onde os deuses pagãos vivem eternamente,

E onde, num longo olhar, eu possa ver contigo,
Passarem, através das brumas seculares,
Os Poetas e os Heróis do grande mundo antigo.

Sobre a autora

"Pelas suas peças acabadas, Francisca Júlia merece figurar entre os parnasianos mais significativos. Mesmo em seu simbolismo, não perdeu a distinção formal que lhe caracterizava os sonetos, de modo que não lhe pode ser recusada posição de relevo. Alguns de seus sonetos místicos e finais são de alta qualidade, com eles só podendo concorrer alguns poucos de seus melhores sonetos parnasianos. O que parece não ter permitido a Francisca Júlia a conquista definitiva do primeiro plano de nossa literatura foi o abandono a que relegou sua carreira. Depois de *Mármores*, muito pouco produziu, chegando mesmo a aborrecer os versos dessa coleção, os seus versos antigos... Mas, embora escassa, a obra que realizou basta para assegurar-lhe, indelevelmente, permanência em nossas letras."

Péricles Eugênio da Silva Ramos, poeta, tradutor, ensaísta, crítico literário e professor, em introdução ao livro *Poesias*, de Francisca Júlia, São Paulo: Conselho Estadual de Cultura, 1962, p. 37-38.

Francisca Júlia da Silva Münster nasceu no interior de São Paulo, na cidade de Xiririca (atualmente Eldorado), no dia 31 de agosto de 1871, e faleceu em São Paulo, em 1º de novembro de 1920. Filha de Miguel Luso da Silva e Cecília Isabel da Silva, e irmã do poeta Júlio César da Silva, Francisca Júlia foi poetisa, professora primária, pianista e crítica literária. Desde jovem, iniciou sua carreira literária escrevendo sonetos para o jornal *Estado de S. Paulo*, em 1891. Entre 1892 e 1895, também colaborou com o jornal *Correio Paulistano*. Além disso, publicou seus textos em periódicos do Rio de Janeiro, como *O Álbum*, mantido por Arthur Azevedo, e *A Semana*, dirigido por Valentim Magalhães. Em 1895, lançou seu primeiro livro de poesias, *Mármores*, com prefácio do filólogo e historiador João Ribeiro. O livro fez grande sucesso no país e recebeu críticas elogiosas de importantes nomes da literatura, como Olavo Bilac e Machado de Assis. Alguns críticos chegaram a considerá-la, em sua época, a maior poetisa da língua portuguesa.

Apesar de seu talento, Francisca Júlia enfrentou enormes dificuldades para integrar a elite literária, principalmente por ser mulher, o que lhe negava o apoio necessário. Sua luta tornou-a uma das precursoras da inserção feminina no campo literário, desafiando as normas sociais e culturais de seu tempo ao seguir uma carreira intelectual. A visibilidade que conquistou foi crucial para outras mulheres escritoras que vieram depois dela. Como afirma o escritor Roberto Fortes, de Iguape, que estuda a vida e obra de Francisca Júlia desde 1981:

"Os membros da redação (Raimundo Correia, Bilac e outros) a princípio não acreditaram que aqueles versos másculos, marmóreos, fossem de uma mulher".

Em 1909, casou-se com Filadelfo Edmundo Münster, telegrafista da Estrada de Ferro Central do Brasil. Em 1916, ele foi diagnosticado com tuberculose e faleceu em 1920. Poucas horas após sua morte, Francisca Júlia foi encontrada morta no quarto do marido, depois de ingerir uma grande quantidade de narcóticos. Antes de sua morte, havia declarado a amigos que sua vida não teria sentido sem a companhia do marido e expressado que "jamais poria o véu de viúva". Ela tinha 49 anos.

No enterro de Francisca Júlia, realizado no Cemitério do Araçá, São Paulo, compareceram futuros revolucionários da Semana de Arte Moderna, como Oswald de Andrade, Menotti Del Picchia, Guilherme de Almeida, Martins Fontes, Paulo Setúbal, Ciro Costa (que fez um discurso à beira do túmulo) e Di Cavalcanti. Eles decidiram prestar-lhe uma homenagem com a construção de um mausoléu. O grupo solicitou ao então governador de São Paulo, Washington Luís, que fosse feita uma homenagem à poeta. Para isso, entraram em contato com o jovem escultor Victor Brecheret, que estudava em Paris, e encomendaram uma escultura que Brecheret fez entre os anos de 1921 e 1923. A estátua em mármore carrara com 2.80 metros de altura e pesando 3 toneladas foi instalada no túmulo de Francisca Júlia em 1923, onde permaneceu até que os danos causados pela urbanização da cidade, especialmente pela chuva ácida, se tornaram evidentes. Em 13 de dezembro de 2006, 83 anos após sua instalação, a escultura foi retirada por uma equipe de 15 pessoas e um guindaste, sendo então transferida para a Pinacoteca do Estado de São Paulo. Em uma crônica de 1923 o escritor Menotti Del Picchia fala sobre a notável escultura "que se ergue hoje, no Cemitério do Araçá (...). É a Musa Impassível, um mármore (..) criado pelo cinzel triunfal de Victor Brecheret. (...) Na augusta expressão dos seus olhos, do seu busto erecto, das suas mãos ritmicas, há toda a grandeza e a beleza daquela musa impassível da formidável parnasiana que concebeu e realizou a 'Dança das Centauras'. O estatuário foi bem digno da poetisa".

Bibliografia

MARTINS, José de Souza. *As duas mortes de Francisca Júlia. A semana antes da Semana.* São Paulo: Unesp, 2022

MURICY, Andrade. *Francisca Júlia, em O Suave convívio: ensaios críticos.* Rio de Janeiro: Anuário do Brasil, 1922.

Obra completa da autora

1895 - *Mármores*
1899 - *Livro da Infância*
1903 - *Esfinges*
1908 - *A Feitiçaria Sob o Ponto de Vista Científico* (discurso)
1912 - *Alma Infantil* (com Júlio César da Silva)
1921 - *Esfinges* - 2º ed. (ampliada)
1962 - *Poesias* (organizadas por Péricles Eugênio da Silva Ramos)

Impressão e Acabamento | Gráfica Viena
Todo papel desta obra possui certificação FSC® do fabricante.
Produzido conforme melhores práticas de gestão ambiental (ISO 14001)
www.graficaviena.com.br